KB263489

야생사과

야생사과

나희덕 시집

창비

차 례

제3부

제1부

새는 날아가고

새가 심장을 물고 날아갔어

창밖은 고요해

나는 식탁에 앉아 있어

접시를 앞에 두고

거기 놓인 사과를 베어물었지

사과는 조금 전까지 붉게 두근거렸어

사과는 접시의 심장이었을까

사과씨는 사과의 심장이었을까

둘레를 가진 것들은

하루에도 몇번씩 담겼다 비워지지

심장을 잃어버린 것들의 박동을

너는 들어본 적 있니?

둘레로 퍼지는 침묵의 빛,

사과를 잃어버리고도

접시가 아직 깨지지 않은 것처럼

나는 식탁에 앉아 있어

식탁과 접시는 말없이 둥글고

창밖은 고요해

괄호처럼 입을 벌리는 빈 접시,
새는 날아가고
나는 다른 심장들을 삼키고
둘레를 가진 것들은
하루에도 몇번씩 그렇게 만났다 헤어지지

빗방울에 대하여

1
빗방울이 구름의 죽음이라는 걸 인디언 마을에 와서 알
았다
빗방울이 풀줄기를 타고 땅에 스며들어
죽은 영혼을 어루만지는 소리를 듣고 난 뒤에야

2
인디언의 무덤은
동물이나 새의 형상으로 지어졌다
빗방울이 멀리서도 길을 찾아올 수 있도록

3
새 형상의 무덤은 흙에서 날고
사슴 형상의 무덤은 아직 풀을 뜯고 있다
이 비에 풀은 다시 돋아날 것이다

4
나무들은 빗방울에게 냄새로 이야기한다

숲은 향기로 소란스럽고
오래된 나무들은 벌써 빗방울의 기억을 털고 있다

5

쓰러진 나무는 비로소 쓰러진 나무다
오랜 직립의 삶에서 놓여난
나무의 맨발을 빗방울이 천천히 씻기고 있다

6

빗방울은 구름의 기억을 버리고 이 숲에 왔다
그러나 누운 뼈를 적시고
구름과 천둥의 시절로 돌아갈 것이다

7

구름이 강물의 죽음이라는 걸 인디언 마을에 와서 알
았다
죽은 영혼을 어루만진 강물이
햇빛에 날아오르는 소리를 듣고 난 뒤에야

야생사과

어떤 영혼들과 얘기를 나누었다
붉은 절벽에서 스며나온 듯한 그들과

목소리는 바람결 같았고
우리는 나란히 앉아 지는 해를 바라보았다

흘러가는 구름과 풀을 뜯고 있는 말,
모든 그림자가 유난히 길고 선명한 저녁이었다

그들은 붉은 절벽으로 돌아가며
곁에 선 나무에서 야생사과를 따주었다

새가 쪼아먹은 자리마다
개미들이 오글거리며 단물을 빨고 있었다

나는 개미들을 훑어내고 한입 베어물었다
달고 시고 쓰디쓴 야생사과를

그들이 사라진 수평선,
내 등 뒤에 서 있는 내가 보였다

바람소리를 들었을 뿐인데
그들이 건네준 야생사과를 베어물었을 뿐인데

숲에 관한 기억

너는 어떻게 내게 왔던가?
오기는 왔던가?
마른 흙을 일으키는 빗방울처럼?
빗물 고인 웅덩이처럼?
젖은 나비 날개처럼?
숲을 향해 너와 나란히 걸었던가?
꽃그늘에서 입을 맞추었던가?
우리의 열기로 숲은 좀더 붉어졌던가?
그때 너는 들었는지?
수천 마리 벌들이 일제히 날개 터는 소리를?
그 황홀한 소음을 무어라 불러야 할까?
사랑은 소음이라고?
네가 웃으며 그렇게 말했던가?
그 숲이 있기는 있었던가?

그런데 웅웅거리던 벌들은 다 어디로 갔지?
꽃들은, 너는, 어디에 있지?
나는 아직 나에게 돌아오지 못했는데?

쇠라의 점묘화

언제부턴가 선이 무서워졌어요 거침없이 달리며 형태와 색채를 뿜어내는 선에서 도망치고 싶었어요 사물에 대한 의심이 많아졌다고 할까요 아니면 빛에 대한 난해한 사랑이 생겼다고 할까요 선들이 내지르는 굉음을 더는 견딜 수가 없어요 일요일 오후 양산을 쓰고 걸어가는 여자도 강둑에서 몸을 말리는 남자도 나팔을 부는 소년도 의자에 기대 앉은 노인도 처음엔 완강한 선 속에 갇혀 있었지요 그들을 꺼내기 위해 내가 할 수 있는 것은 선을 빻고 또 빻는 일뿐이었어요 아침에 문밖에서 길어온 이미지를 불에 달군 쇠막대기처럼 망치로 종일 두드려요 저녁 무렵에야 뜨거워진 선에서 떨어져나온 쇳가루들이 캔버스에 점점이 흩어지지요 빛은 가루가 되어 다른 빛과 몸을 섞어요 그림자는 다른 그림자에 스며들어요 검은 개는 더이상 검은 개가 아니에요 개의 털빛과 그 위에 내리는 빛이 만나 어룽거려요 희미해진 개와 고양이와 사람 들은 햇빛 속을 한가롭게 거닐지요 하지만 가까이 갈수록 나는 그들을 알아볼 수 없어요 서로를 삼키고 비추는 점들의 환영, 그 한 폭의 기이한 평화 앞에서 내 눈은 점점 어두워져요

말의 꽃

꽃만 따먹으며 왔다

또옥, 또옥, 손으로 훑은 꽃들로
광주리를 채우고, 사흘도
가지 못할 향기에 취해 여기까지 왔다

치명적으로 다치지 않고
허기도 없이 말의 꽃을 꺾었다

시든 나무들은 말한다
어떤 황홀함도, 어떤 비참함도
다시 불러올 수 없다고

뿌리를 드러낸 나무 앞에
며칠째 앉아 있다
헛뿌리처럼 남아 있는 몇마디가 웅성거리고
그 앞을 지나는 발바닥이 아프다

어떤 새도 저 나무에 앉지 않는다

꽃바구니

자, 받으세요, 꽃바구니를.

이월의 프리지아와 삼월의 수선화와 사월의 라일락과

오월의 장미와 유월의 백합과 칠월의 칼라와 팔월의 해

바라기가

한 오아시스에 모여 있는 꽃바구니를.

이 꽃들의 화음을.

너무도 작은 오아시스에

너무도 많은 꽃들이 허리를 꽂은

한 바구니의 신음을.

대지를 잃어버린 꽃들은 이제 같은 시간을 살지요.

서로 뿌리가 다른 같은 시간을.

향기롭게, 때로는 악취를 풍기며

바구니에서 떨어져내리는 꽃들이 있네요.

물에 젖은 오아시스를 거절하고

고요히 시들어가는 꽃들,

그들은 망각의 달콤함을 알고 있지요.

하지만 꽃바구니에는 생기로운 꽃들이 더 많아요.

하루가 한 생애인 듯 이 꽃들 속에 숨어

나도 잠시 피어나고 싶군요.

수줍게 꽃잎을 열듯 다시 웃어보고도 싶군요.

자, 받으세요, 꽃바구니를.

이월의 프리지아와 삼월의 수선화와 사월의 라일락과

오월의 장미와 유월의 백합과 칠월의 칼라와 팔월의 해
바라기가

한 오아시스에 모여 있는 꽃바구니를.

불견(不見)과 발견(發見) 사이

1974년 6월 5일 不見.
1974년 6월 8일 不見.
1974년 6월 9일 不見.
1974년 6월 11일 不見.
1974년 6월 15일 不見.
1974년 6월 18일 不見.
1974년 6월 22일 不見.

포경선의 어둠을 이렇게 기록한 이가 있다

한 줄의 기록에 막막하게 펼쳐진
수평선과 안개

1974년 6월 24일 밍크 3구 드디어 發見.

한 줄의 기록에 홍건하게 고여 있는
비린내와 핏물

不見과 發見 사이에 닻을 내린
어선의 불빛으로 밤바다는 더 깊어지고
항구로 오래 돌아가지 못한 이의
낡은 남방이 벽에 걸려 있다

빛바랜 항해일지에는
見자의 마지막 획이 길게 들려 있다

모래알 유희

네가 벗어던진 물결이
오늘 내 발목에 와 찰랑거린다

선생님, 저예요,
저는요, 배를, 너무, 타고 싶었어요,
항해사가 되어, 먼, 아주 먼, 바다에 나가,
영영, 돌아오고 싶지, 않았어요,
그런데, 이, 오그라든, 왼손 때문에,
항해사가 될 수, 없다는 거예요, 그렇다고,
손이, 다시 펴질 수도, 없잖아요,
기억나세요, 제가 늘, 왼손을, 주머니에 넣고 다녔던 거,
그래도 사람들은, 한눈에, 알아차렸죠,
제 손이, 다시 펴질 수, 없다는 걸, 선생님은,
주머니에서, 제 손을, 가만히, 꺼내어 잡아주셨지요,
선생님, 죄송해요, 인사도 못, 드리고 와서,
그때, 복도에서, 만났을 때,
먼, 길, 떠난다는, 말이라도 전할걸,
그래도, 바다에 오길, 잘, 했어요,

붉은 흙 대신, 푸른, 물이불을 덮으니까,
꼭, 요람 속 같아요, 그러니 제 걱정, 마세요,
잡으려 해도, 잡히지, 않던, 세상이,
여기서는 그냥, 출렁거려요, 잡을 필요도, 없어요,
선생님, 제가, 보이세요,
유리도, 깨질 때는, 푸른, 빛을, 띤다잖아요,
부서지고, 부서져서, 나중엔,
저, 모래알들처럼, 작고, 투명해질, 거예요,

흰 물거품을 두 손으로 길어올렸지만
손안에 남은 것은
한줌의 모래

아, 이 모래알이 저 모래알에게 갈 수 없다니!

한 아기가 나를 불렀다

돌로 된 아기들을 지나왔다
아무리 천천히 걸어도 발에 가시가 박혔다
아기들이 돌 속에서 웃었다
세상의 고통을 만져본 적 없는 웃음이다
아기들이 돌 속에서 울었다
세상의 고통에 젖어본 적 없는 울음이다
햇빛도 못 보고 죽은 핏덩이들에게
형상을 주고 이름을 붙여준 이는 누구일까
돌아기들은 빨간 모자를 쓰고
이름이 적힌 수건을 목에 걸었다
아기들의 이름을 하나하나 불러주고 싶었지만
햇빛과 빗물에 바래 잘 보이지 않았다
머나먼 옛날 강가에서
돌아기들은 고사리손으로 탑을 쌓았다
강을 건너려고 수없이 쌓았다가 무너진 돌탑,
엎드려 울고 있는 돌아기들에게
돌로 된 어머니가 나타났다
울지 마라, 아가야,

내가 저 강을 건네주마, 너를 낳아주마,
오른손으로 지팡이를 짚고
왼손에는 아기를 안은 돌어머니,
그녀의 두 발과 옷자락이 젖어 있었다
돌로 된 아기들을 지나왔다
아무리 천천히 걸어도 발에 가시가 박혔다
한 아기가 나를 불렀다
돌 속에서 아장아장 걸어나왔다

나는 아직 태어나지 않았다
갠지즈 강가에서

양수 속에서 산을 오르고 강을 건너고 길을 잃었다
밥을 떠넣고 아기를 낳고 한숨을 쉬고
시를 쓰고 버스를 기다린 것도 양수 속에서였다
버스는 나를 멀리 데려가곤 했지만
버스 차창에 맺힌 빗방울, 나를 적신
모든 물이 양수였다 나는 아직 태어나지 않았다

자궁 속에서 몸 씻는 사람들
자궁 속에서 시체 태우는 사람들
흰옷 입은 그들 곁에 기웃거리는 개들

장작 값이 모자란 시체는 반쯤 태워져
개들의 차지가 되거나 나무토막에 묶여 떠돌았다
가라앉았다 떠올랐다 하면서 더 깊은 강으로, 자신에게로
흘러들었다 기슭 저편에서 떠오른 해는
자궁 속을 붉게 비추어주었지만
배들은 기슭 저편에 닿지 못하고 되돌아왔다
탯줄과도 같은 지상의 길들 어디선가 끊어지고

양수는 점점 핏빛이 되어갔다 아무도 태어나지 않았다
시체 태우는 연기 자궁 속에 자욱했다

숨비소리

이따금 첫 물질을 나갔을 때 생각이 나. 처음엔 너무 무서워 태왁만 꼭 붙잡고 있었지. 갑자기 등 뒤에서 어떤 손이 나를 밀어넣었어. 그런데 바닷물은 생각보다 따뜻했고 이상한 해방감마저 느껴졌지. 푸른 피를 흘리는 거대한 짐승 속에서 내 피가 조금씩 씻겨나가는 것 같다고 할까. 그날부터 바다의 피로 밥을 짓고 빨래를 하고 머리를 감았지. 휘이— 휘이— 휘이— 휘이— 숨비고 숨비고 숨비면서 건너는 한 生.

*

둥근 수경을 통해 본 바다는 둥글지 않아. 잘게 부서진 파도는 유리조각처럼 날카롭지. 투명하지만 차갑고 단단한 물결들. 유리창에 부딪쳐 죽는 새들이 있듯 물결에 부딪쳐 죽는 고기들도 있지.

*

어제의 피로가 잠수복 속에 아직 남아 있어. 오늘의 피로가 어제의 피로와 만나 피워내는 냄새. 탄산가스. 만성

두통. 약간의 구역질. 근육마비. 어깨에 박힌 돌멩이 두 개. 망사리에 가득한 조개들. 돌멩이처럼 흔한, 돌멩이처럼 무거운 조개들. 조개는 조개를 낳고 조개는 조개를 낳고…… 조개를 캐는 동안 몸은 석회질에 점점 가까워지지. 어제의 피로는 오늘의 피로를 낳고 오늘의 피로는 내일의 피로를 낳고…… 그래도 익사할 수 없는 것은 어깨에 박힌 두 날개 때문이야.

*

　매일 조금씩 더 깊은 곳으로 들어가야 했지. 검은 물갈퀴는 어둠을 가르고 어제보다 더 멀리 내려갔지. 우리가 죽음의 아가리라고 부르는 그곳까지. 싸이렌들이 빛 속에서 나풀거리는 곳, 몇번이나 넘고 싶었던 그 문턱에서 가까스로 돌아와 휘파람을 불어. 휘이— 휘이— 휘이— 휘이— 내 속에 살고 있는 물새 한 마리.

결정적 순간

일찍이 나는 바람에 흔들리는 법이나 빗줄기에 소리를 내는 법, 그리고 가을 햇빛에 아름답게 물드는 법에 대해 배워왔다 하지만 이파리의 일생이 어떻게 완성되는가는 낙법에 달려 있다 어디에 떨어지느냐는 문제가 되지 않는다 땅에 떨어졌다고 해도 잎이 아닌 것은 아니다 바람에 불려다니는 것처럼 보여도 우연에 몸을 맡기는 것은 아니다 나는 적어도 수십 마일 이상 날아가 고요히 내려앉는 법을 알고 있다 그러려면 우선 바람을 보는 눈을 가져야 한다 바람이 몸을 들어올리는 순간 바람의 용적과 회전속도를 느낄 수 있어야 한다 팔랑팔랑 허공을 떠돌다 강물 위에 내려앉는 낙엽을 본 적이 있는가 그 마지막 한마디를 위해 얼마나 기다려왔는지 모른다 한방울의 비가 물 위에 희미한 파문을 일으키거나 별똥별이 하늘에 성호를 긋고 사라지는 것도 다르지 않다 죽음이 입을 열어 하나의 몸을 받아들이는 순간, 그 순간이 중요하다 사진을 찍을 때 피사체와 빛이 절묘하게 만나는 순간을 포착해야 하듯이 결정적 순간이라는 게 있다 잎맥을 따라 흐르던 물기가 한 꼭짓점에서 일제히 끊어지는 순간, 단호하면서도 부드럽

게 제 발목을 내리쳐야 한다 그러면 짧으면서도 아주 긴
순간 한 생애가 눈앞을 스쳐갈 것이다 벌써 절반이 넘는
이파리들이 나무를 떠났다 그들은 떨어진 게 아니라 날아
간 것이다 해마다 되풀이되는 풍경처럼 보여도 이파리에
게는 오직 한순간이 주어질 뿐이다 허공에 묘비명을 쓰며
날아오르는 한순간이

존 말코비치 되기*

7층과 8층 사이 7.5층의 어둠,
무의식의 다락방으로
다른 사람이 되기 위해 몰려드는 사람들

말코비치, 내 소리 들려요?
당신 몸으로 들어가는 입구가 어디 있어요?
추운 고속도로변에 던져져도 좋아,
단 십오분 동안이라도
당신의 피와 침 속에 녹아들 수 있다면!
아, 나를 벗어날 수만 있다면!

당신 몸 속에 흘러들어
메뉴판 가득 적힌 당신을 주문하고
나를 후루룩 마셔버리고 싶어!
아니면 당신 입 속에 숨어
질기디질긴 나를 되새김질하거나
당신 눈 속에 스며
나를 스르륵 지워버리고 싶어!

벗어나도 벗어나도 내 속에 갇혀 있는
나를 건져내고 싶어!

욕조에 빠진 파리처럼
지푸라기처럼

* 스파이크 존즈 감독의 영화.

분홍신을 신고

음악에 몸을 맡기자
두 발이 미끄러져 시간을 벗어나기 시작했어요
내 안에서 풀려나온 실은
술술술술 문지방을 넘어 밖으로 흘러갔지요
춤추는 발이
빵집을 지나 세탁소를 지나 공원을 지나 동사무소를 지나
당신의 식탁과 침대를 지나 무덤을 지나 풀밭을 지나
돌아오지 않아요 멈추지 않아요
누군가 나에게 계속 춤추라고 외쳤죠
두 다리를 잘린다 해도
음악에 온전히 몸을 맡길 수 있다니,
그것도 나에게 꼭 맞는 분홍신을 신고 말이에요
당신에게도 들리나요?
둑을 넘는 물소리, 핏속을 흐르는 노랫소리,
나는 이제 어디로든 갈 수 있어요
강물이 둑을 넘어 흘러내리듯
내 속의 실타래가 한없이 풀려나와요
실들이 뒤엉키고 길들이 뒤엉키고

이 도시가 나를 잡으려고 도끼를 들고 달려와도
이제 춤을 멈출 수가 없어요
내 발에 신겨진, 그러나 잠들어 있던
분홍신 때문에
그 잠이 너무도 길었기 때문에

제2부

육각(六角)의 방

이 방 속에
나는 덜 익은 꿀처럼 담겨 있다
문이 열리면 후루룩 흘러내릴 것처럼

이 방 옆에
또다른 방들이 붙어 있다는 게 마음 놓인다
켜켜이 쌓인 六角의 방들을
고통이 들락거리며 매만지고 간다

이 방은
군집할 수 있는 최적의 각도와
고립할 수 있는 최적의 넓이를 지녔다

내 어깨를 쏘았던 말벌은
침을 잃었고 나는
침을 삼키고 오래 앉아 있다

땅 위에 으깨진 말벌집,

검은 물결무늬를 지닌 한 세계가 출렁거리고
六角의 방에서
애벌레들이 기어나오기 시작한다

꿀은 아직 익지 않았다

물방울들

그가 사라지자
사방에서 물소리가 들려오기 시작했다

물때 낀 낡은 씽크대 위로
똑, 똑, 똑, 똑, 똑……
쉴새없이 떨어져내리는 물방울들

삶의 누수를 알리는 신호음에
마른 나무뿌리를 대듯 귀를 기울인다

문 두드리는 소리 같기도 하고
발소리 같기도 하고
때로 새가 지저귀는 소리 같기도 한

물소리

물방울 속에서 한 아이가 울고
물방울 속에서 수국이 피고

물방울 속에서 빨간 금붕어가 죽고
물방울 속에서 그릇이 깨지고
물방울 속에서 싸락눈이 내리고
물방울 속에서 사과가 익고
물방울 속에서 노랫소리가 들리고

멀리서 물관을 타고 올라와
빈방의 침묵을 적시는 물방울들은
글썽이는 눈망울로 요람을 흔들어준다
내 심장도 물방울을 닮아간다

똑, 똑, 똑, 똑, 똑, 똑……
빈혈의 시간으로 흘러드는 낯선 핏방울들

벽과 바닥

빛을 머금은 창이
바닥에 직사각의 창을 드리운다

창을 빨아들이기 위해
바닥의 남은 몸은 온통 그늘이다

직사각의 창 가운데
삼각팬티를 널어놓는다

꽃병에 꽂힌 꽃처럼
삼각팬티는 피어나기가 무섭게 말라간다

명암에 따라 색이 변하는 꽃,
삼각팬티는 천천히 빛에서 그늘로 간다
그늘 속에서도 말라간다

방은 어두워지고
그림자놀이를 하던 벽과 바닥은

등을 맞대고 있다, 아무 일도 없던 것처럼

꽃병은 사라지고 꽃만 남았다

대화

무당벌레와 나밖에 없다
추위를 피해 이 방에 숨어들기는 마찬가지

방바닥을 하염없이 기어가다
무료한 듯 몸을 뒤집고 버둥거리다
펼쳐놓은 책갈피 위에 우두커니 앉아 있다
갑자기 기억이라도 난 듯
뒤꽁무니에서 날개를 꺼내 위이잉 ─ 털기도 한다

작은 전기톱날처럼
마음 어딘가를 베고 가는 날개 소리

겨울 햇살이 점박이등을 비추고
그 등을 바라보는 눈가를 비추면
내 속의 자벌레가
네 속의 무당벌레에게 말을 건넨다

조금은 벌레인 우리가

주고받을 수 있는 대화는 어떤 것일까

냄새를 피우거나
서로의 주위를 맴돌며 붕붕거리는 것?
함께 뒤집혀서 버둥거리는 것?
암술과 수술을 드나들며
꽃가루를 헛되이 일으키는 것?

구석진 창틀에서 말라가기 전까지
조금은 벌레인 우리가
나눌 수 있는 온기는 어떤 것일까

노루꼬리처럼 짧은
겨울 햇살
한줌

원정(園丁)의 말

園丁은 겨울을 나는 벌을 위해
설탕물을 끓여 벌집에 부어주었다

벌집 속에서만 잉잉대는 벌떼처럼
눈을 틔우지 못한 채 떨고 있던 매화나무,
언 땅을 파서 묘목을 캐주던 園丁은 벙어리였다

그해 봄날, 매화나무는
불 꺼진 베란다 구석에서 꽃을 피웠다
드문드문, 살아 있다는 증표로는 충분하게

뿌리를 적신 물이 하수구로 흘러들었고
매화나무는 하혈을 하는지
시든 꽃잎들이 하르르 물에 떠다녔다

소리 없는 말처럼 붉은 진이 가지에 맺히고
꽃 진 자리마다 잎이 돋기 시작했다
역류한 하수구의 물이 그녀를 키우기라도 하는 것일까

두려웠다, 집을 삼킬 듯 자라는 잎들이
열매 맺을 수 없는 나무의 피로 무성해지는 잎들이

뒤늦게야 벙어리 園丁을 떠올렸다
묘목을 실어주며 가슴을 쓸어내리던 그의 손말을
아, 알아듣지 못했다
화분 속에 겨울 들판을 들이려고 한 나는

마른 연못

물이 빠져나간 거대한 연못,
언젠가 눈에 박힌 그 풍경 나가지 않네

장화 신은 발들이
연못 바닥을 저벅저벅 걸어다니네
울컥 고이는 발자국을
검고 끈적한 진흙이 삼켜버리네

호미 든 손들이
땅속 깊이 박힌 연뿌리를 캐네
숭숭 뿌리 뽑힌 자리마다
진흙이 뱀처럼 흘러들어 스르르 문을 닫네

장갑 낀 손들이
바닥에 흩어진 잔해를 그러모으네
이토록 태울 게 많았던가
번제를 올리듯 어떤 손이 불을 붙이네

타오르면서 타오르지 않는 불의 중심,
명치끝이 점점 뜨거워지네
눈이 너무 매워 움직일 수가 없네

뇌수에서 썩어가던 기억의 잎과 줄기가
몇줌의 재가 되어가는 동안
장화 신은 발들이 불을 둘러싸고 서 있네

그들이 주고받는 얘기 들렸다 안 들렸다 하고
누구일까, 내 몸을 제물 삼아
마른 연못에서 불을 피우는 그들은

심장 속의 두 방

—나를 좀 지워주렴.

거리를 향해 창을 열고
안개를 방 안으로 불러들였다
안개는 창을 넘는 순간 증발해버렸다

—나를 좀 지워주렴.

짙은 안개를 들이켜고도
사물들은 여전히 건조한 눈을 비비고 있었다

—나를 좀 채워주렴.

바다를 향해 열린 창으로
안개가 밀물처럼 스며들었다
안개는 창을 넘는 순간 몸 속으로 흘러들었다

—나를 좀 채워주렴.

의자가 젖고 거울이 젖고
사물들은 어느새 안개의 일부가 되었다

심장 속에 나란히 붙은 두 방은
서로를 깨우지 않으려고 조심스럽게 움직인다
두 방을 오가는 것은
소리 없이 출렁거리는 안개뿐

그의 사진

그가 쏟아놓고 간 물이
마르기 위해서는 얼마간 시간이 필요하다
사진 속의 눈동자는
변함없이 웃고 있지만 실은
남아 있는 물기를 거두어들이는 중이다
물기를 빨아들이는 그림자처럼
그의 사진은 그보다 집을 잘 지킨다
사진의 배웅을 받으며 나갔다
사진을 보며 거실에 들어서는 날들,
그 고요 속에서
겨울 열매처럼 뒤늦게 익어가는 것도 있으니
평화는 그의 사진과 함께 늙어간다
모든 파열음을 흡수한 사각의 진공 속에서
그는 아직 살고 있는가
마른 잠자리처럼 액자 속에 채집된
어느 여름날의 바닷가, 그러나
파도소리 같은 건 더이상 들리지 않는다
사진 속의 눈동자는

물기를 머금은 듯 웃고 있지만
액자 위에는 어느새 먼지가 쌓이기 시작한다
볕이 환하게 드는 아침에는 미움도
연민도 아닌 손으로 사진을 닦기도 한다
먼지가 덮으려는 게 무엇인지 알 수 없지만
걸레가 닦으려는 게 무엇인지 알 수 없지만

육교 위의 허공

좁고 가파란 계단을 걸어올라가면
빛나는 마천루가 있었지
밤길을 건너는 밤길,
허공을 건너는 허공,
그 길을 따라 다른 세계로 건너갈 수 있었지
지상에서는 잡을 수 없는 두 손이
때로 어두운 허공에서 놀란 듯 만났지
새로운 지평선이 펼쳐지고
육차선 도로가 오선지처럼 출렁거리고
두근거리는 도시의 동맥 속으로
차들은 피톨처럼 점점이 빛을 뿌리며 흘러갔지
경적소리조차 들리지 않았지
두 손에 든 허공을 놓아주고 싶지 않아서
다만 숨죽이고 있었으니까, 심해의 물고기처럼,
시냇가의 반딧불이처럼, 거기가
도심의 누추한 육교라는 것도 잊은 채
좁고 가파른 계단을 내려와야 하는 것도 잊은 채
하염없이 공중그네를 타고 있었지

밤길을 건너는 밤길,
허공을 건너는 허공,
지상에서는 잡을 수 없는 두 손이
어두운 허공에 하나의 길을 내고 있었지

낯선 편지

오래된 짐꾸러미에서 나온
네 빛바랜 편지를
나는 도무지 해독할 수가 없다

건포도처럼 박힌 낯선 기호들,
사랑이 발명한 두 사람만의 언어를
어둠 속에서도 소리내어 읽곤 했던 날이 있었다

그러나 어두운 저편에서
네가 부싯돌을 켜대고 있다 해도
나는 이제 그 깜박임을 알아볼 수 없다

마른 포도나무 가지처럼
내게는 더이상 너의 피가 돌지 않고
온몸이 눈이거나
온몸이 귀가 되어도 읽을 수 없다

오래된 짐꾸러미 속으로

네 편지를 다시 접어넣는 순간
나는 듣고 말았다
검은 포도알이 굴러떨어지는 소리를

뱅크셔나무처럼

산불이 나야
비로소 번식하는 나무가 있다

씨방이 너무 단단해 뜨거운 불길에 그을려야만
씨를 터뜨린다는 뱅크셔나무

제 몸에 불을 붙여서라도
황무지에 알을 슬고 싶은 뱅크셔나무

장전된 총알들, 그러나
한번도 불길에 휩싸여본 적 없는 씨방

모든 것이 타고 난 뒤에야
검은 숯 위로 연한 싹을 내밀고 싶은

옥수수밭이 있던 자리

어제까지 열려 있던 문이 닫혔다
바람에 소리를 내던 옥수수밭이 사라져버렸다
옥수수가 사라지면서
흔들림도, 허공도 함께 베어졌다
허공은 달빛을 안을 수 있는 팔을 잃었다
소리내어 울 수 있는 입술을 잃었다
갑옷과 투구 부딪치는 소리,
석탄을 지닌 산줄기가 먼저 폐허가 되듯이
열매는 실한 순서대로 베어져갔다
밑둥의 피는 아직 마르지 않았다
밭은 더 어두워질 것이고
성근 열매들은 여분의 삶을 익혀갈 것이다

피 흘리는 허공,
희고 붉고 검은 옥수수알,
수확한 옥수수를 자루에 넣는 손,
푸른 자루를 실은 트럭이 산모퉁이를 돌아간다

누가 내 이름을

어쩌면 좋아요 곧 수업이 시작되는데
출석부에 내 이름이 없어요
교무실에 나란히 꽂힌 검은 출석부,
그 정렬된 세계에서 이름이 사라졌어요
결석이나 지각 한번 하지 않고 살아왔는데
누가 내 이름을 지웠을까요
모판 위의 모처럼 가지런히 박혀 있었는데
누가 내 책상을 치워버린 것일까요
어쩌면 좋아요 수업종이 울리고
선생님들이 계단을 올라오고 있는데
어디에 숨어야 하죠 교실에서 쫓겨나면
어디서 다시 시작해야 하죠 모눈종이 위의 삶을
당신이라면 콧노래라도 불렀을지 모르지요
차라리 잘된 일이라고,
어두운 복도로 내 등을 떠밀었을지도 모르지요
뿌리 뽑힌 모처럼 모눈처럼 복도에서
떨고 있어요 어쩌면 좋아요
굉굉하게 쏟아지는 저 햇빛 속으로 걸어나갈까요

썩은 개천에 종이배라도 띄울까요
풀밭에 누워 구름이나 하염없이 바라볼까요
그러면 나를 옮겨심을 손이
허공에 홀연히 나타나 들어올려줄까요
어쩌면 좋아요 나를 부르려는데
내 이름이 사라졌어요 이름 밖에서 서성대는
아이 하나, 복도는 너무 길고 캄캄해요
누가 이 모눈종이 좀 치워주세요

우리는 낙엽처럼

우리는 낙엽처럼 떠돌고 있어요.*
한번도 만난 적 없는, 그러나 한번도
잊은 적 없는 당신을 찾아서.
세상은 우리의 무임승차를 허락하지 않아요.
바람과 안개만이 우리를 데려다주지요.
오늘은 눈까지 내렸어요.
죽어가던 흰 말은 눈 위에서 죽어버렸고
저녁은 그만큼 어두워졌지요.
우리는 낙엽처럼 서로 몸을 포개고 잠이 들어요.
꿈속에서 당신을 만났지만,
당신은 인화될 수 없는 필름 속에만 있어요.
손을 뻗으면 금방 닿을 듯한
안개 속의 한 그루 나무, 그러나
그 나무는 애초부터 없었는지도 몰라요.
그래도 우리는 계속 걸어요,
안개가 우리를 완전히 지워줄 때까지.
처음 사랑에 눈을 뜬 것도
피 묻은 손으로 치마를 끌어내린 것도

안개 속에서였지요.

한번도 들어본 적 없는 당신의 목소리가

멀리서 들려오는 것 같기도 했어요.

얼마나, 더, 가야 하나요?

우리는 낙엽처럼 떠돌고 있어요.

나무의 일부였다는 것을 스스로 증명하기 위해,

호루라기 소리와 억센 팔들을 피해,

초소의 불빛과 총소리를 피해,

우리는 안개의 일부가 되어야 했어요.

이제 우리는 강을 건너요.

한 조각 배를 타고

그것이 삶과 죽음의 경계인 줄도 모른 채.

조금만 기다리세요. 다 왔어요.

* 테오 앙겔로뿔로스 감독의 영화 「안개 속의 풍경」 중에서.

안개

나는 바늘이다
하얀 무명의 장막 속으로
떨리는 몸을 밀어넣기 시작한다
나는 종이다
엎질러진 물 위에 오래 누워 있다
더이상 젖을 수 없을 때까지
나는 갈매기다
너무 멀리 날아와버렸나보다
갯내가 나지 않는다
나는 박쥐다
나는 새가 되지 못한 게 아니라
쥐가 되지 못했다
나는 맨드라미다
닭벼슬 같은 입술을 그가 삼켜버렸다
금잔화가 따라 울었다
나는 느티나무다
가지 끝으로 허공을 찌르고 있음을
너무 늦게야 깨달았다

나는 가로등이다

어둠이 내리기 전

그는 내 배경이 되어줄 수 없다고 한다

나는 좌석버스다

아무도 올라타지 않았는데

좌석은 이미 만원이다

나는 자전거다

나를 타고 간 사람 돌아오지 않고

어디서 쳇바퀴 도는 소리 자꾸 들린다

나는 이미 지워졌다

제3부

돼지머리들처럼

하루에도 몇번씩 거울을 보며
엄지와 집게손가락으로 입 끝을 집어올린다
자, 웃어야지, 살이 굳어버리기 전에

새벽 자갈치시장, 돼지머리들을
찜통에서 꺼내 진열대 위에 앉힌 주인은
웃는 표정을 만들고 있었다
그래, 이렇게 웃어야지, 김이 가시기 전에

몸에서 잘린 줄도 모르고
목구멍으로 피가 하염없이 흘러간 줄도 모르고
아침 햇살에 활짝 웃던 돼지머리들

그렇게 웃지 않았더라면
사람들은 적당히 벌어진 입과 콧구멍 속에
만원짜리 지폐를 쑤셔넣지 않았으리라

하루에도 몇번씩 진열대 위에 얹혀 있다는 생각,

웃어, 웃어봐, 웃는 척이라도 해봐,
시들어가는 입술을 손가락으로 집어올린다

아— 에— 이— 오— 우—
얼굴을 괄약근처럼 쥐었다 폈다 불러보아도
흘러내린 피는 돌아오지 않는다

출근길 룸미러 속에서 발견한
누군가의 머리 하나

구경꾼들이란

구경꾼들이란 으레
충혈된 눈을 지니고 있는 법이죠
몸 속의 호기심이
피를 타고 온통 눈으로 몰려드니까요
특히 죽음에 대한 호기심은
누구도 말릴 수 없는 것이어서
모르그*는 어떤 극장보다도 성황이었다죠
유리관 속에 진열된 죽음을
줄을 서서 구경하면서
담배를 피워물고 잡담을 나누는 남자들,
식물원의 화초처럼 즐기는 여자들,
막대사탕을 빨며 들여다보는 아이들,
조명 아래 누운 시체들도
몰려드는 구경꾼들을 보며 웃고 있었을 거예요
어쩌면 유리관 속에서
헤어진 옛 애인을 발견할 수도,
길에서 잃어버린 아이를 발견할 수도,
자신이 살해한 시체를 발견할 수도 있었겠지요

그래도 모르는 척 지나며
희미한 발자국만 남기고 흩어지는 사람들,
그래서 구경꾼의 눈은
아무 죄도 저지르지 않지요
유리창 너머의 세계를 잠시 엿보았을 뿐
별거 아니군, 하는 표정으로
죽음의 극장 밖으로 걸어나왔을 뿐

* 19세기 프랑스 파리에 있던 시체전시장. 연간 100만명 이상의
  사람들이 방문했다고 한다.

구경꾼이 되기 위하여

이십년을 살면서
한번도 그를 구경하지 못했다

구경하기 전에
이미 나의 일부였기에

몸 속의 사금파리,
통증의 원인은 거기 있었던가

일찍이 구경꾼의 묘법을 배웠더라면
피사체를 향해 셔터를 누르듯
무감하게 지켜볼 수 있었더라면

그를 이해할 수도
견딜 수도 있었으리라

구경꾼들이 그에 대해 하는 말을
도무지 알아들을 수 없었다

눈 속의 사금파리,
그 눈동자를 들어내기 전에는

바람과 바람막이

바람막이에 금이 갔다

금이 금을 불러와 번지더니
쩌억 벌어져 쪼개지기 직전이다

차가 속도를 낼수록 바람막이는
이빨 부딪치는 소리를 낸다, 딱, 딱, 딱, 딱,

소음을 견디다 못해
벌어진 틈에 얇은 휴지 한 장 끼워넣는다

하, 아무 소리도 나지 않는다

소리를 삼킨 몸이여
차라리 비명이라도 지르는 게 나았을까

타악 —

결국 바람을 견디지 못한
한 조각이 쪼개져 날아갔다, 돌팔매처럼

바람막이는 금보다 무거운 침묵을 얻게 되었다

삼킬 수 없는 것들

내 친구 미선이는 언어치료사다
얼마 전 그녀가 틈틈이 번역한 책을 보내왔다
『삼킴 장애의 평가와 치료』

희덕아. 삼켜야만 하는 것, 삼켜지지
않는 것, 삼킨 후에도 울컥
올라오는 것…… 여러가지지만
그래도 삼킬 수 있음에 늘 감사하자. 미선.

입 속에서 뒤척이다가
간신히 삼켜져 좀처럼 내려가지 않는 것,
기회만 있으면 울컥 밀고 올라와
고통스러운 기억의 짐승으로 만들어버리는 것,
삼킬 수 없는 말, 삼킬 수 없는 밥, 삼킬 수 없는 침,
삼킬 수 없는 물, 삼킬 수 없는 가시, 삼킬 수 없는 사랑,
삼킬 수 없는 분노, 삼킬 수 없는 어떤 슬픔,
이런 것들로 흥건한 입 속을
아무에게도 열어 보일 수 없게 된 우리는

삼킴 장애의 종류가 조금 다를 뿐이다

미선아. 삼킬 수 없는 것들은
삼킬 수 없을 만한 것들이니 삼키지 말자.
그래도 토할 수 있는 힘이 남아 있음에 감사하자. 희덕.

내부를 비추는 거울

입을 벌리라면 벌리고
고개를 젖히라면 젖히고
약물을 머금으라면 머금고
약물을 삼키라면 삼키고
옆으로 누우라면 옆으로 눕고

불꽃의 혀를 가진 검은 뱀이
목구멍을 타고 어두운 바닥으로 내려갔다

침을 삼키지 말고 그냥 흘리세요, 한 마리 개처럼,
그래요, 잘하고 있어요, 뱀을 삼킨 개처럼,
침을 질질 흘리세요, 계속, 그렇게, 계속, 흘리세요

거울이 내부를 비추는 동안
입에 플라스틱 구멍을 물고 누운 채
그들이 주고받는 이야기를 두 눈 뜨고 들어야 했다
너무 밝아, 아냐, 너무 어두워, 그래, 거기,
불꽃의 명도를 조절하며 그들이 나의

내부를 판독해줄 때까지
나는 침을 질질 흘리며 옆으로 누워 있었다
검은 뱀은 출구를 찾지 못하고 계속 꿈틀거렸다

정신적인 귀

어디에 두고 왔을까
두 귀

돋보기가 빛을 모으듯
소리를 끌어모아 어루만지던 귀

소리의 혈맥을 더듬어
그 통점과 경락을 찾아내던 귀

허공의 거미줄을 따라
미세한 움직임에도 흔들리던 귀

어느 순간 먹먹해졌다
귓바퀴는 멈추고
아무 소리도 들리지 않는다

피아노에 갇힌 건반처럼
정신은 아무 소리도 내지 않는다

난청과 실어증의 나날,
바람이 헛되이 녹슨 현을 울리고 간다

손바닥이 울리는 것은

길에 거꾸로 처박힌 전봇대,
전선 몇가닥이 헛뿌리처럼 드러나 있다

물과 양분 대신 전류를 실어나르던
저 잿빛 나무는
서 있는 일에 얼마나 몰두했는지
곁가지 하나 내지 않고 제 생애를 다했다

종일 비 내리고
처박힌 전봇대에 아직 전류가 흐르는지
손바닥이 징 — 징 — 울린다

네 비참보다도
네 비참을 바라보는 나의 비참을 견딜 수 없어
내리친 것이 너의 뺨이었다니!

손바닥이 울리는 것은
처박힌 전봇대 때문이 아니라

빗줄기 때문이 아니라
서 있는 일에만 몰두했던 나의 수직성 때문

일요일 오후

일요일 오후의 응급실은
응급하지 않다

집에서 짐을 나르다
허리가 삐끗해 실려온 남자,
주말 야유회에서 옻닭 먹고 옻이 올라
엉덩이에 주사를 맞는 청년,
수술실로 들어가기 전
손톱의 매니큐어를 지우는 할머니,
만성 변비로 장이 꼬였다가
거짓말처럼 나아서 퇴원을 기다리는 주부,
젊은 놈한테 흠씬 얻어맞고
안구검사를 기다리는 늙은 건달

나가 말이여, 왕년에 한주먹하든 놈인디 말여,
세월에는 장사 읎드라구, 젊은 놈하고 한판 붙었는데,
와따, 눈에서 불이 화악 나부러야……

적당히 아플 만큼만 아프고
적당히 치료할 만큼만 치료하고
링거나 맞으며 월요일을 기다려야 하는 통증들이
간이침대에 누워서 얘기를 나누는
일요일 오후의 응급실

이따금 울리는 핸드폰 벨소리에
통증은 잠깐씩 깨어났다가 잠이 든다

공포라는 화석

그는 어떤 붕괴에 대해 이야기한다
공포는 늙지 않는다는 듯
이 흉터 좀 봐, 하며 팔목을 걷어 보여준다
무너진 백화점 철골 사이에서
그가 실려나온 것은 벌써 십년 전 일이다
그러나 그의 몸엔 공포가 화석처럼 남아 있는지
어깨를 만지면서 얼굴을 찡그린다
피 대신 침을 튀기며 그는
콘크리트 더미에 삼일이나 눌려 있던
통증을 필사적으로 불러낸다
망각의 벽을 뚫고
녹슨 철골이 드러나고
철골과 콘크리트 더미에 비가 내리고
빗물을 받아먹으며 견디던 목숨들이 실려나온다
벽을 사이에 두고 주고받던 대화에 대해
그러다 문득 끊어진 목소리에 대해
자신의 어깨를 들어올려주던 손의 질감에 대해
실려나오는 순간 처음 본 빛에 대해

이야기하는 그의 입 속에는
오래 되새김질된 공포가 흥건하게 고여 있다
그것만이 공포를 잊는 길이라는 듯

팔이 된 눈동자

신호등이 파란불로 바뀌자
일제히 횡단보도를 건너기 시작하는 사람들,
꽁치떼 속에 끼여든 한 마리 멸치처럼
무언가 다른 전파를 보내는 존재가 있다
유난히 키가 작은 한 사람,
얼굴은 붉게 일그러지고
다리를 움직일 때마다
팔 대신 눈동자를 위아래로 흔드는 사람,
흙투성이가 된 눈동자로
열심히 허공을 닦으며 걸어가는 사람,
그의 움직이지 않는 소매 속은 텅 비어 있을 것이다
신호등이 빨간불로 바뀌고
횡단보도를 반밖에 건너지 못한 사내는
필사적으로 눈동자를 흔들어댔다

도로 위의 성만찬

바퀴는 무심코 밟았다,
앞서간 바퀴가 깔아뭉갠 고양이 한 마리를

물컹하게 흩어진 살과 피가
도로 위에 서서히 스며들기 시작하고
성만찬을 나누듯
피와 살을 나누어갖는 바퀴들

밤의 제왕이 건네는 마지막 포도주를
바퀴들은 눈을 꾹 감고 마셔버린다
그리고 뭉쳐진 그의 살점을
이리저리 떼어 삼키며 지나간다

이제 바퀴들에게는 어떤 두려움도 없다
제왕이 남긴 피와 살을 전파하며
바퀴들은 달리고 또 달린다
마침내 그가 도로 위에
납작한 가죽 한 장으로 남을 때까지

빈자리

찰칵, 슬라이드가 돌아간다
가야고분의 내부는
석실과 부장품을 넣는 곳으로 나뉘어 있다

큰 항아리에 곡식을 가득 담고
크고 작은 토기들을 몇단씩 쌓아놓았는데
부장품 옆에는 빈자리가 있다

꼭 한 사람이 누울 만큼의
빈자리

오로지 죽음을 위해 죽어야 했던,
저승길까지 따라가 고개 숙여야 했던,
죽어서도 칼을 놓지 못했던 사람

사람의 뼈와 살이
흙그릇보다 오래가지 못해
그의 손에 꼭 쥐었던 은장도만

녹슨 채 가라앉아 있을 뿐,
순장의 흔적은 빈자리로 남아 있다

찰칵, 슬라이드가 돌아가고
붉은 흙만 눈에 박히듯 들어온다

꼭 한 사람이 누울 만큼의
저, 저, 빈자리

거대한 분필

분필은 잘 부러진다, 또는 잘 부서진다

청록의 칠판 위에서
먼지를 일으키며 파발마처럼 달리는
분필 한 자루

그것이 죽음의 소식이었다는 것을
알게 되기까지 너무 많은 분필을 낭비했다

죽은 이들의 잿가루를 모아서 만든
거대한 분필을 보았다
사람의 키보다 훨씬 큰 분필 앞에 서 있는데
갑자기 환청이 들려오기 시작했다

분필 속에 뒤엉켜 있는 목소리들

그후로 칠판에 분필을 대면
어떤 목소리가 끼여들고

어떤 손이 완강하게 가로막고
어떤 손이 낯선 분절음을 휘갈기게 한다

선생 노릇 십여년,
화장을 치르고 난 사람처럼
손가락에 묻은 분필가루를 씻어내는 동안
나는 하루하루 조개에 가까워져간다

분필은 잘 부서진다, 또는 부서져 쌓인다
칠판 위에 곧 스러질 궤적을 그리며

그는 누구인가

질긴 먹이를 씹을 윗니가 없고
적을 들이받을 뿔이 없다
낙타처럼 가죽이 두껍지도 못하고
뱀처럼 허물을 벗을 수도 없다
다만 먹물을 내뿜는 앞발톱이 있어
허공을 할퀴거나 보이지 않는 먹이를 잡는다
고사리나 뜯어먹고 살기에는
피가 너무 뜨겁고
썩은 고기나 생선을 물리치기에는
배고픔을 잘 참지 못한다
부드러운 털은 불붙기 쉬우나
그 속에 검은 반점들을 숨기고 있다
지느러미도 날개도 없으나
헤엄치거나 날아다니는 것을 좋아해
부러진 나뭇가지에 몸을 맡긴다
눈은 둘이나 한쪽이 유난히 어두워
빛보다는 어둠에 익숙하고
눈보다는 더듬이로 길을 찾는다

울음소리를 내기도 하나
그 소리 온전히 알아듣는 이가 없고
위험에 처할 때는 몸을 조그맣게 말아
달팽이처럼 보이나
하나의 집에 갇혀 살지는 못한다
때로는 제 그림자를 베어먹고
때로는 그 속에 제 몸을 감추기도 한다

누구인가
동물도감에도 곤충도감에도 나오지 않는 그는

제4부

와온(臥溫)에서

산이 가랑이 사이로 해를 밀어넣을 때,
어두워진 바다가 잦아들면서
지는 해를 품을 때,
종일 달구어진 검은 뻘흙이
해를 깊이 안아 허방처럼 빛나는 순간을 가질 때,

해는 하나이면서 셋, 셋이면서 하나

도솔가를 부르던 월명노인아,
여기에 해가 셋이나 떴으니 노래를 불러다오
뻘 속에 든 해를 조금만 더 머물게 해다오

저녁마다 일몰을 보고 살아온
와온 사람들은 노래를 부르지 않는다
떨기꽃을 꺾어 바치지 않아도
세 개의 해가 곧 사라진다는 것을 알기에
찬란한 해도 하루에 한번은
짠물과 뻘흙에 몸을 담근다는 것을 알기에

쪼개져도 둥근 수레바퀴,
짜디짠 내 눈동자에도 들어와 있다
마침내 수레가 삐걱거리며 굴러가기 시작한다

와온 사람들아,
저 해를 오늘은 내가 훔쳐간다

욕탕 속의 나무들

저 나무는 어떻게 여기까지 왔을까
늙은 왕버들 한 그루가 반쯤 물에 잠겨 있다
더운 김이 오르는 욕탕,
마을 어귀 아름드리 그늘을 드리우던 그녀가
오늘은 물을 들여다보고 있다
울퉁불퉁한 나무껍질이 더 검게 보인다
그 많던 잎사귀들은 다 어디에 두고
빈 가지만 남은 것일까
왕버들 곁으로 조금 덜 늙은 왕버들이 다가와
그녀의 등과 어깨를 천천히 밀어준다
축 늘어진 배와 가슴도, 주름들도,
주름들 사이에 낀 어둠까지도 환해진다
나무껍질 벗기는 냄새에
나도 모르게 두 왕버들 곁으로 걸어간다
냉탕에서 놀던 어린 버들이 뛰어오고
왕버들 4대,
나란히 푸른 물속에 들어가 앉는다
큰 굽쇠를 향해 점점 작아지는 굽쇠들처럼

나는 당신에게서 나왔다고 말하는 몸들,
물이 찰랑찰랑 흘러넘친다
오래전 왕버들의 새순이었던 것을 기억해낸다

포만감과 허기

꿀을 다 딴 나비들처럼
자매가 다리를 두드리며 장미정원에 앉아 있다

—아유, 배불러. 점심을 너무 많이 먹었나봐.

87세 언니의 말에
74세 동생이 배를 토닥이며 대꾸한다

—그래도 언니는 그 배에서 여섯이나 뺐냈잖수?
　　난 이 나이 되도록 아직 꽉 찬 배야.

아이를 셋이나 데려다 길렀는데도
그녀의 포만감은 쉽게 가시지 않는 모양이다

그래도 남은 배가 있는지
꽃마다 멈춰서서 코를 대는 그녀,
포만감 속에 숨어 있던 허기가 킁킁거린다
아직 꿀을 다 따지 못한 나비처럼

어떤 그물

나무들이 공중 가득 펼쳐놓은 그물에
물고기 한 마리
잠시 팔딱거리다 날아간다

나무 그물은 상하는 법이 없어
물고기 날아오른다
비늘 하나 떨어뜨리지 않고

열렸다 닫히는 나무그늘 아래로
거꾸로 걸어가는 사람들

누가 물을 건너가는지
흰 징검돌 몇개 보였다 안 보였다 하고
그물 위로 흘러가는 물결 속에는

저렇게도 많구나
나무들이 잡았다 놓아준 물고기들이

맑은 날

남은 한줌마저 다 털렸다

그래도 허허 웃는다

아니다 울고 있지 않은가

하늘을 긁어대다 닳아버린 손톱이다

그래도 한결같이 바람의 길을 가리키고 있다

움켜쥐고 있던 먹구름 한줌

나부끼고 나부끼고 나부껴서 가벼워진 몸에

오목눈이가 날아와 앉는다

온몸이 휘청, 한다

새가 날아간 뒤에도 오래 흔들린다

마른 깃털로 이루어진 몸

갯벌에 뿌리내린 채 날고 있다

석양에 하염없이 부서지는 은빛 날개다

섶섬이 보이는 방

이중섭의 방에 와서

서귀포 언덕 위 초가 한 채

귀퉁이 고방을 얻어

아고리와 발가락군*은 아이들을 키우며 살았다

두 사람이 누우면 꽉 찰,

방보다는 차라리 관에 가까운 그 방에서

게와 조개를 잡아먹으며 살았다

아이들이 해변에서 묻혀온 모래알이 버석거려도

밤이면 식구들의 살을 부드럽게 끌어안아

조개껍질처럼 입을 다물던 방,

게를 삶아먹은 게 미안해 게를 그리는 아고리와

소라껍질을 그릇 삼아 상을 차리는 발가락군이

서로의 몸을 끌어안던 석회질의 방,

방이 너무 좁아서 그들은

하늘로 가는 사다리를 높이 가질 수 있었다

꿈속에서나 그림 속에서

아이들은 새를 타고 날아다니고

복숭아는 마치 하늘의 것처럼 탐스러웠다

총소리도 거기까지는 따라오지 못했다

섶섬이 보이는 이 마당에 서서
서러운 햇빛에 눈부셔한 날 많았더라도
은박지 속의 바다와 하늘,
게와 물고기는 아이들과 해 질 때까지 놀았다
게가 아이의 잠지를 물고
아이는 물고기의 꼬리를 잡고
물고기는 아고리의 손에서 파닥거리던 바닷가,
그 행복조차 길지 못하리란 걸
아고리와 발가락군은 알지 못한 채 살았다
빈 조개껍질에 세 든 소라게처럼

* 화가 이중섭과 그의 아내가 서로를 부르던 애칭.

물소리를 듣다

우리가 싸운 것도 모르고
큰애가 자다 일어나 눈 비비며 화장실 간다
뒤척이던 그가
돌아누운 등을 향해 말한다

당신…… 자? ……
저 소리 좀 들어봐…… 녀석 오줌 누는 소리 좀
들어봐…… 기운차고…… 오래 누고……
저렇도록 당신이 키웠잖어…… 당신이……

등과 등 사이를 흘러가는 물소리를
이렇게 듣기도 한다

담이 결린 것처럼
왼쪽 어깨가 오른쪽 어깨를 낯설어할 때
어둠이 좀처럼 지나가주지 않을 때
새벽녘 아이 오줌 누는 소리에라도 기대어
보이지 않는 강을 건너야 할 때

기억한다, 그러나

기억한다
벼랑 위에서 풀을 뜯던 말의 목선을
그러나 알지 못한다
왜 그토록 머리를 깊이 숙여야 했는지
벼랑을 기어오르던 해풍이
왜 풀을 뜯고 있던 말의 갈기를 흔들었는지
서럭서럭 풀 뜯는 소리,
그때마다 왜 바다는 시퍼렇게 일렁였는지
밧줄은 보이지 않았지만
왜 말이 묶여 있다고 생각했는지

기억한다, 말의 눈동자를
그러나 알지 못한다
말의 눈동자에 비친 풀이
왜 말의 입에서 짓이겨져야 했는지

노루

마음이 궁벽한 곳으로 나를 내몰아
산속에서 자주 길을 잃었다
달리다보면 손은 수시로 뿔로 변하고
발에는 단단한 발굽이 돋았다
발굽 아래 무엇이 깨져나가는지도 모른 채
밤길을 달리다 문득 멈추어선 것은
그 눈동자 앞이었다
겁에 질린 초식동물의 눈빛,
길을 잃어버리기는 나와 다르지 않았다
헤드라이트에 놀라 주춤거리다가
도로 위에 쓰러진 노루는 쉽게 일어서지 못했다
저 어리디어린 노루는
산속에 두고 온 스무살의 나인지도,
말없이 사라진 사람인지도,
언젠가 낳아 함부로 버린 사랑인지도 모른다
나는 헤드라이트를 끄고 어둠의 일부가 되어 외쳤다
두려워하지 말아라,
두 개의 뿔과 네 개의 발굽으로

불행의 속도를 추월할 수는 없다 해도
어서 일어나 남은 길을 건너라
저 울창한 달래와 머루 덩굴 속으로 사라져라
누구도 너를 찾아낼 수 없도록

절, 뚝, 절, 뚝,

다친 발목을 끌고 향일암 가는 길
그는 여기 없고
그의 부재가 나를 절뚝거리게 하고
가파른 돌계단을 오르는 동안
절, 뚝, 절, 뚝,
아픈 왼발을 지탱하느라
오른발이 더 시큰거리는 것 같고
어둔 숲그늘에서는
알 수 없는 향기가 흘러나오고
흐르는 땀은 그냥 흘러내리게 두고
왼발이 앞서면 오른발이 뒤로,
오른발이 앞서면 왼발이 뒤로 가는 어긋남이
여기까지 나를 이끌었음을 알고
해를 향해 엎드릴 만한 암자 마당에는
동백이 열매를 맺기 시작하고
그 푸른 열매에는 손도 대지 못하고
안개 젖은 수평선만 바라보다가
절, 뚝, 절, 뚝,

내려오는 길 붉은 흙언덕에서

새끼 염소가 울고

저녁이 온다고 울고

흰 발자국처럼 산딸나무 꽃이 피고

캄캄한 돌

메카의 검은 돌은
원래 흰색이었다고 해요

아담과 이브가 낙원에서 쫓겨나면서
손에 움켜쥐고 나온 돌,
수많은 순례자들이 찾아와
입 맞추고 만지는 동안
고통을 빨아들여 캄캄한 돌이 되었다죠

내게도 검은 돌 하나 있어요
그 돌은 한때 물속에서 아름다웠지요

오래전 해변을 떠나며
무심코 주머니에 넣고 온 돌,
그러나 그토록 빨리 빛바랠 줄은 몰랐어요
내가 고통을 견디는 동안
고통이 나를 견디는 동안
돌 또한 나를 말없이 견디어주었지요

어느날부터인가 돌을 만지는 게 두려워졌어요
돌을 열 수도, 닳게 할 수도 없으면서
돌의 본성이 너무 깊이 박힌 손,
만지는 것마다 돌이 되어버릴 것 같았지요

빛바랜 돌을 바라보며 떠올려봐요
돌이 물속에서 빛나던 때를
검은 물기 위에 어룽거리던 무지개를

그 찰랑거리던 아침이 내게도 있었겠지요
메카의 검은 돌이
오래전 흰색이었던 것처럼

한 손에 무화과를 들고

그가 내게로 걸어왔을 때
무화과는 금방이라도 쪼개질 것처럼 보였다

초가을 저녁 이만한 향기는 드물어서
말없이 무화과를 받아들었다

실타래 모양의 속꽃들,
붉게 곤두선 혀들은 뭐라고 했던가

부르튼 입술에서 한없이 풀려나오는
사랑의 말들

뭉클뭉클 흘러드는 이 말을
어찌 꽃이 아니라 말할 수 있을까

내 속에서 누군가 중얼거린다
눈부신 열매들이란 좀 멀리 있는 편이 좋다고

그러나 한 손에 무화과를 들고
그가 천천히 걸어왔을 때

무화과는 이미 쪼개져 있었다
태초부터 그 입술은 나를 향해 열려 있었다

밤 강물이여

낯선 물결이 반짝인다
바로 눈앞에서, 또는 아주 먼 곳에서

몇시간째 그 흐름에 몸을 맡기고 있으니
누가 흐르는지 알 수가 없다

수면 위로 떠올랐다가
어디론가 흘러가는 기억의 포말들

밤 강물이여
여기, 나를, 내려놓는다

비로소 그를 미워할 수 있게 되고
비로소 그를 용서할 수 있게 되는 곳

아무리 오래 앉아 있어도
아무도 나를 깨우러 오지 않고

이틀쯤 굶어도 배고프지 않고
마음의 공복만으로도 배가 부른 곳

몸 속 깊이 잠들어 있던 강물이 깨어나
물소리를 내기 시작하는 곳

밤 강물이 고요한 것은
더 깊이 더 멀리 움직이기 때문이다

물의 출구(出口)

그 물을 기억한다

먼지와 거품을 끌고 가던 물,
시든 물풀을 누더기처럼 걸치고
엉금엉금 기어가던 물,
더이상 흐른다고 말할 수 없던 물,
비가 와도 젖지 않고
땀과 눈물과 오줌에만 젖어들던 물,
쾌활했던 물줄기 잦아들고
자기도 모르는 고요에 갇혀 있던 물,
숨 막히는 그 고요야말로 소용돌이였음을
너무 늦게야 알게 된 물,
하루하루 진창에 가까워져도
물만, 물만, 남아 있으면 된다고 믿었던 물,
검은 눈동자처럼 타들어가던 물

검은 눈동자 속에
지는 해가 가득 들어와 있다

활활 타오르는

불의 우물

저 물의 出口를 따라 여기로 흘러왔다

기적소리

강의 허리를 가르며 기차가 지나간다
화물뿐인 생을 싣고
이따금 기적소리와 매연을 내뿜으며

저 기적소리마저 없었다면
이 도시는 얼마나 고요했을 것인가
기차가 지나갈 때마다
강물은 그 무게가 힘겹다는 듯 일렁이고
낡은 철교에 핀 들꽃이 툭 떨어지고
사람들은 잠시 일손을 멈추고 생각에 잠긴다
어디론가 실려가는 화물의 표정을 지으며

화물보관소 선반에 얹혀 있다가
다시 흔들리며 실려가는 화물, 화물, 화물들

사랑은 너무 멀리 있고
기적소리는 하루에 몇번씩 나를 울리고
"You are not what you own."

철교 벽에 누군가 붉은 페인트로 써갈긴 낙서처럼
내가 가진 것도 내가 아니고
다만 달리는 기차에 실려가고 있을 뿐

그런데 나를 누구에게 부쳐야 하나
머지않아 수취인 불명으로 되돌아올 화물 하나

반딧불이를 보았으니까

켓마,* 울지 마, 괜찮을 거야,
반딧불이를 보았으니까,
오늘 저녁엔 평화가 찾아올 거야,
너의 벗은 발에도, 미얀마의 밤하늘에도,
아무도 죽지 않을 거야, 그러니 울지 마,
눈물을 닦고 저 반딧불이를 봐,
희미하게 깜박이는 게 꼭 우리들 같잖아,
부서진 말을 하다가 입을 자주 다물고
강가에 앉아 풀벌레 소리를 듣는 너와 나,
우리는 여기서 저 풀벌레들에 더 가까운지도 몰라,
하지만 나는 네 부서진 말을,
너는 내 부서진 말을 누구보다 잘 알아듣지,
같은 슬픔에서 나온 말이니까,
어둠속에서 빛을 내는 반딧불이도
두 다리를 부벼 울음소리를 내는 귀뚜라미도
맨발이기는 우리와 마찬가지,
그러니 켓마, 울지 마, 다 괜찮을 거야,
아무도 죽지 않을 거야,

오늘 저녁엔 반딧불이를 보았으니까,
우리의 깜박이는 불빛을
멀리 있는 우리 아이들도 보았을 거야,
부서진 장난감과 쓰러진 나무들,
그러나 아이들의 벗은 발에도 평화가 올 거야

* 아이오와 국제창작프로그램에서 만난 미얀마의 여성작가.
2007년 9월 26일 미얀마 군사정권은 민주화를 요구하는 국민
들에 대해 유혈진압에 나섰다.

두고 온 집

오래 너에게 가지 못했어.
네가 춥겠다, 생각하니 나도 추워.
문풍지를 뜯지 말 걸 그랬어.
나의 여름은 너의 겨울을 헤아리지 못해
속수무책 너는 바람을 맞고 있겠지.
자아, 받아!
싸늘하게 식었을 아궁이에
땔감을 던져넣을 테니.
지금이라도 불을 지필 테니.
아궁이에서 잠자던 나방이 놀라 날아오르고
눅눅한 땔감에선 연기가 피어올라.
그런데 왜 자꾸 불이 꺼지지?
아궁이 속처럼 네가 어둡겠다, 생각하니
나도 어두워져.
전깃불이라도 켜놓고 올 걸 그랬어.
그래도 이것만은 기억해.
불을 지펴도 녹지 않는 얼음조각처럼
나는 오늘 너를 품고 있어.
봄꿩이 밝은 곳으로 날아갈 때까지.

진공을 낳는 언어

조강석

1. 가루 시간

온종일 성찰로 부푸는 것만한 고역이 또 있을까? 매순간 시간이 감지되는 것을 피할 수 없다면 그만한 힘겨움이 또 있을까? 심장이 뛰고 있음을 잠시도 모를 수 없다면 그의 일상이 온전할 수 있을까? 물고기가 물을, 시인이 성찰을, 생활인이 심장을 하루종일 낯설게 발견해야 한다면 그것은 은총인가 형벌인가?

웬일인지 새 시집에서 나희덕은 세계를 내뱉고 있다. 나희덕의 언어가 이처럼 자신의 내부를 소개(疏開)하려는 의지를 품게 되었다는 것은 사실 다소 의외의 일이다. 왜냐하면 한동안 그의 언어는 성찰로 팽팽해져 있었기 때문이다. 그는 삶에 대한 치명적 인지들을 버팀목 삼아 세계를 자신의 내부로 끌어들이면서 생의 비의(秘意)를 해독하고 바로 그런 성찰에 기초해 내면의 방을 안으로부터 단단히 걸어잠그면서 고통을 견디는 시인이었다. 그런데, 지금 우리 앞에 놓인 나희덕의 새 시집이 무엇보다 우선적으로 고지하는 바는, 그가 24시간 낯설어지는 형벌을 꽤 오래전에 언도받았다는 사실이다. 이 시집에서 그의 생체시계는 수시로 멈춰선다. 일상의 시간은 성찰로 부풀기는커녕 언제라도 질문과 회의와 후회와 탄식으로 미분되어 마른다. 그리고 그렇게 마른 시간들은 다시 일상 위에 떨어져 쌓인다.

자, 받으세요, 꽃바구니를.
(⋯)
너무도 많은 꽃들이 허리를 꽂은
한 바구니의 신음을.
대지를 잃어버린 꽃들은 이제 같은 시간을 살지요.
서로 뿌리가 다른 같은 시간을.
(⋯)
하루가 한 생애인 듯 이 꽃들 속에 숨어
나도 잠시 피어나고 싶군요.
수줍게 꽃잎을 열듯 다시 웃어보고도 싶군요.
자, 받으세요, 꽃바구니를.
이월의 프리지아와 삼월의 수선화와 사월의 라일락과
오월의 장미와 유월의 백합과 칠월의 칼라와 팔월의

해바라기가

　한 오아시스에 모여 있는 꽃바구니를.
―「꽃바구니」 부분

　'꽃-시간'들로 빽빽한 하루를 감당하는 것만큼 어려운 일은 없다. 그것은 24시간 내내 절망하는 것보다 버겁다. 분초의 연쇄가 수직으로 대체되고 사위의 정경이 이내 농밀해지는 순간들은 그 누구도 아닌 시인에게만 주어지는 축복임은 틀림없지만, 대개의 시간엔 예외없이 그 누구인 '시인-생활자'에게 '꽃-시간' 다발은 '시간-꽃' 더미만큼 버겁다. 시를 보라, 그 많은 때와 저 다채로운 꽃들을 대체 누가 함부로 저리 묶어놓았단 말인가. 대체 이런 꽃꽂이 기술이 어디 있는가. 농밀함 대신 용적을 차지하는 저 군집 시간은 "너무도 많은 꽃들이 허리를 꽂은/한 바구니의 신음"만을 낳는다. "대지를 잃어버린" 채, 제 계절도 잃고 군락으로 모여 마르기만을 기다리는 시간들 앞에서 시인은 피로하다. 성찰로 부풀어 늘 곤두서던 순간들이 새삼 낯설어지는 데서 오는 이 피로감에 대해 그는 "서 있는 일에만 몰두했던 나의 수직성 때문"(「손바닥이 울리는 것은」)이라고 토로하고 있다. 때문에, "나도 잠시 피어나고 싶군요"라는 소망 속에서 우리가 읽을 수 있는 것은 일상의 시간에 파국을 가져오는 시적 순간의 축복이 아니라 말라 바

131

스러지는 시간의 내력이다. 진퇴양난이 따로 없다. 선분적인 시간도, 초월적 시간도 저 곤두서 부푼 성찰을 견딜 수 없다. 그러니, 그렇게 마른 시간과 언어가 이렇게 바스러지는 것은 자연스러운 과정일 것이다.

    언제부턴가 선이 무서워졌어요 거침없이 달리며 형태와 색채를 뿜어내는 선에서 도망치고 싶었어요 사물에 대한 의심이 많아졌다고 할까요 아니면 빛에 대한 난해한 사랑이 생겼다고 할까요 선들이 내지르는 굉음을 더는 견딜 수가 없어요 일요일 오후 양산을 쓰고 걸어가는 여자도 강둑에서 몸을 말리는 남자도 나팔을 부는 소년도 의자에 기대앉은 노인도 처음엔 완강한 선 속에 갇혀 있었지요 그들을 꺼내기 위해 내가 할 수 있는 것은 선을 빻고 또 빻는 일뿐이었어요

—「쇠라의 점묘화」 부분

    쇠라의 점묘화가 빛과 면, 선과 색에 대한 생각을 불러일으킨다면 나희덕의 시는 시간과 언어에 대한 사유를 이끌어낸다. 선분성에 대해 수직성으로 응할 수 없는 이의 속사정, "선들이 내지르는 굉음"을 선들을 미분하는 수직성의 연쇄로 잦아들게 할 수 없는 이의 사정이 이 시에 나타나 있다. "완강한 선"의 활주에 대해 시인은 시적 순간들

로 응대하는 대신 그 선분을 빻아 가루로 만든다. 그 작업을 통해 시간은 활주하지도 않고 곤두서지도 않은 채 바스러진다. 선분적 시간에 대해 수직성으로 응대할 수 없다면 그 다음 대응책은 이것뿐이다. 그리고 이 시집에서 부서진 것들의 이미지가 다양하게 변주되어 나오는 것은 바로 이 때문이다. 그것은 때로 일상적 시간에 대한 미필적 거부의 현장을 보여주기도 하고(“분필은 잘 부서진다, 또는 부서져 쌓인다”「거대한 분필」), 성찰로 견디던 자아의 무장소성(아토피아, atopia)을 현시해 보이기도 하며(“부서지고, 부서져서, 나중엔, /저, 모래알들처럼, 작고, 투명해질, 거예요, (…) 아, 이 모래알이 저 모래알에게 갈 수 없다니!”「모래알 유희」), 급기야 언어의 기능 혹은 권능에 대한 역설적 회의(“나는 네 부서진 말을, /너는 내 부서진 말을 누구보다 잘 알아듣지”「반딧불이를 보았으니까」)마저 보여준다. 그러니 이때 분필가루-일상, 모래알-자아, 분말-언어는 공히 가루처럼 바스러진 시간에 대한 의식의 편린들이다.

2. 빈방

한동안 나희덕의 언어는 성찰로 팽팽해져 있었다고 언급한 바 있다. 그런데, 이제 그 성찰에 의해 내면에 차고 넘치던 지혜의 말들은 오히려 그의 내부세계를 낭창 기울

게 하고 있다. 무엇보다도 이 시집의 중심 이미지 중 하나
인 '방'을 살펴보면 이런 사정이 확연히 드러나는데, 시집
곳곳에서 발견할 수 있는 방 이미지들은 그간 생의 소소한
비의들을 간파해온 눈 밝은 이가 바로 그 통찰력을 지주
삼아 축조해온 내면공간과 깊은 관련이 있다고 할 수 있
다. 아마도 '내면의 방'에 대한 그의 이런 관심이 무엇에서
비롯되었는지를 가장 잘 보여주는 작품은 「심장 속의 두
방」일 것이다.

　　—나를 좀 지워주렴.

　거리를 향해 창을 열고
　안개를 방 안으로 불러들였다
　안개는 창을 넘는 순간 증발해버렸다

　　—나를 좀 지워주렴.

　짙은 안개를 들이켜고도
　사물들은 여전히 건조한 눈을 비비고 있었다

　　—나를 좀 채워주렴.

바다를 향해 열린 창으로
안개가 밀물처럼 스며들었다
안개는 창을 넘는 순간 몸 속으로 흘러들었다

—나를 좀 채워주렴.

의자가 젖고 거울이 젖고
사물들은 어느새 안개의 일부가 되었다

심장 속에 나란히 붙은 두 방은
서로를 깨우지 않으려고 조심스럽게 움직인다
두 방을 오가는 것은
소리 없이 출렁거리는 안개뿐

—「심장 속의 두 방」 전문

　시인은 표면적으로 모순되어 보이는 두 요구를 양립시킨다. 그러나 그 내력에 있어 "나를 좀 지워주렴"과 "나를 좀 채워주렴"이라는 요구는 전혀 상호모순된 것이 아니다. 한 창은 거리를 향해 나 있고 또다른 창은 바다를 향해 나 있다는 사실에 주목하자. 시인은 거리를 향해 창을 열고 거리의 안개를 방 안으로 불러들이면서 "나를 좀 지워주렴" 하고 말하고 있다. 반면, 바다를 향해 (이미) 열린

135

창으로는 시인이 애써 불러들이지 않아도 자꾸만 안개가 스며들고 있다. 거리로 난 창을 스스로 열어 안개를 방에 들이고자 하는 시인은 동시에 또다른 창으로 절로 스며드는 안개를 받아들이고 있다. 거리로 난 창은 시인이 생활인으로서 스스로 열어야 하는 창이며, 그렇기에 애써 불러들여도 안개는 이 방에 드는 순간 수분을 잃고 바싹 마르기만 한다. 다시 한번 '마른다'는 이미지에 주목할 필요가 있다. 거리의 편에서 사물들은 여전히 건조하고 사태는 명료하며, 그에 직면한 내면은 분별있다. 그러니, 다음 진술이 시인의 은근한 소망의 표현임은 두말할 필요가 없다: 가끔은 거리에서 "나를 좀 지워주렴."

한편, 거리를 향해서 등을 지고 있는 그는 바다를 향해 있는 창의 경우 스스로 열 필요가 전혀 없다. 이미 "바다를 향해 열린 창"으로는 부르지 않아도 되는 안개가 자꾸만 "밀물처럼" 스며든다. 이 다습한 안개는 앞에서와는 달리 창을 넘는 순간 말라 사라지는 대신 임의로 시인의 몸 속을 넘나들고 방을 가득 채우며 출렁인다. 물론, 이것은 심장의 한쪽은 거리에 내어주어야 하지만 또 한쪽은 바다에 기꺼이, 그리고 마냥 내어주고 있는 이의 내면에서 일어나는 일이다. 안개의 방에서는, 적정한 제 습도를 지켜야 할 사물들이 어느새 죄 "안개의 일부가" 되어 있다. 거리 쪽에서와는 달리 창을 열고 스스로 불러들이지 않아

도 넘실대는 이 안개는, 그러나 실은 밀약과 내통 없이 들
이기는 불가능한 것: 그러니 거리와는 먼 곳의 습기로 "나
를 좀 채워주렴."

　이렇듯 "심장 속에 나란히 붙은 두 방"은 고스란히 내면
의 두 양태가 아닐 수 없다. 두 방이 서로를 내외한 채 각
자의 리듬으로 뛰어야 하는 것은 그 심장의 주인으로 하여
금 두 겹인 하나의 생을 유지하게 하기 위함이다. 한 방은
자꾸만 마르고 한 방은 내내 축축하다. 한 방은 자꾸만 비
워지고 또 하나의 방은 자꾸만 채워진다. 하나의 방은 계
속 비워져 "삶의 누수"로부터 비롯된 "빈혈"을 일으키고
또 하나의 방은 자꾸만 빈 곳에 새로운 피를 수혈한다:
"빈혈의 시간으로 흘러드는 낯선 핏방울들"(「물방울들」).

　　이 방 속에
　　나는 덜 익은 꿀처럼 담겨 있다
　　문이 열리면 후루룩 흘러내릴 것처럼

　　이 방 옆에
　　또다른 방들이 붙어 있다는 게 마음 놓인다
　　켜켜이 쌓인 六角의 방들을
　　고통이 들락거리며 매만지고 간다

—「육각의 방」 부분

우리는 이 시에서도 이와 비슷한 사태를 읽을 수 있다. ‘육각의 방’은 구체적으로는 벌집을 지시하지만, 앞서 살펴본 시를 염두에 두고 생각해볼 때 오히려 훨씬 더 직접적으로 시인의 내면공간을 표상하고 있다고 할 수 있다. 앞서 살펴본 시에서도 그랬지만 나희덕은 내면의 방에 흐르는 것들에 민감하게 반응한다. 아니, 앞서 시간과 관련하여 시인이 ‘바스러지다’는 의미 계열의 이미지들을 서술부로 택했음을 살펴보았지만, 이제 내면공간과 관련하여 그는 방의 이미지와 더불어 ‘흐르다’라는 용언 계열의 이미지들을 자주 사용하고 있다. 그러니까, 「육각의 방」 1연에 담긴 정황은 “삶의 누수”(「물방울들」)라는 구절과 통한다고 할 수 있다. 시인은 자신이 “문이 열리면 후루룩 흘러내릴” “덜 익은 꿀처럼 담겨” 있다고 말한다. 그렇게 언제고 쏟아질 듯한 형세로 “삶의 누수”를 견디고 있는 마음의 여러 태(態)들을 항상 “고통이 들락거리며 매만지고 간”다. 그러니까, 육각으로 켜켜이 쌓인 벌집처럼 태를 바꾸면서 변통하는 마음을 항상 넘보고 있는 것은 바로 방과 방 사이를 슬렁슬렁 넘나드는 고통일 따름이다. 그리고 이 고통은 무엇보다도 ‘나’를 한가득 채운 방의 포만함으로부터 비롯된 것이다.

당신 몸 속에 흘러들어
메뉴판 가득 적힌 당신을 주문하고
나를 후루룩 마셔버리고 싶어!
아니면 당신 입 속에 숨어
질기디질긴 나를 되새김질하거나
당신 눈 속에 스며
나를 스르륵 지워버리고 싶어!
벗어나도 벗어나도 내 속에 갇혀 있는
나를 건져내고 싶어!

—「존 말코비치 되기」 부분

당신에게도 들리나요?
둑을 넘는 물소리, 핏속을 흐르는 노랫소리,
나는 이제 어디로든 갈 수 있어요
강물이 둑을 넘어 흘러내리듯
내 속의 실타래가 한없이 풀려나와요

—「분홍신을 신고」 부분

　내면의 방을 "들락거리며 매만시고" 가는 고통이 포화
상태의 '나'들에 대한 의식에서 비롯되었다는 것은 인용된
시들에서 잘 드러난다. 「존 말코비치 되기」에서 시인은 시
시각각 거리의 편과 바다의 편에서 분열적으로 증식되는

'나'를, "벗어나도 벗어나도 내 속에 갇혀 있는" '나'를 "후루룩 마셔버리고 싶"고 "지워버리고 싶"다고 말하는가 하면 그 수많은 '나'들의 늪에 빠져 허우적대는 '나'를 "건져내고" 싶다고도 말한다. 그러니 "내 속에 갇혀 있는 나"라는 표현이 적시하듯 이때 새삼 불거지는 것은 바로 '나'들 사이의 간극이다. 그러나 이제 시인은 이 간극을 '참된 나' '진정한 나' '원본인 나'와 같은 불가능한 오리지널리티를 설정하는 방식으로 메우지 않는다. 이 방식은 오히려 지금껏처럼 '방'을 채우는 방식의 일환일 뿐이다. 다시 말해 이 방식의 해법은 생의 비의를 해독하고 그 해석들을 통해 다시 내면의 방을 채우면서 고통을 견디는 방식을 재생하는 것에 불과하다. 이 사안은 '원본인 나'를 찾아 먼 길을 떠돌다 찾은 강화도령 하나를 용상에 앉혀서 '나'의 적통을 잇는 방식으로 '방장'을 정해서 해결될 문제가 아니다. 시간과 관련하여 문제는 그것을 수직으로 세우는 것이 아니라 가루로 빻는 것이었듯이, 이제 이 내면공간의 문제는 채우는 것이 아니라 비우는 것이다. 따라서 「분홍신을 신고」의 방식은 시사하는 바가 적지 않다. 지혜롭게도 시인은 이 시에서 음악과 춤과 토슈즈의 힘을 빌려 가득 차 단단히 뭉쳐진 '나'를 풀어내고 있다. 리처드 로티의 흥미로운 비유처럼, 자아는 다 풀리면 망실될 코일에 불과한 것일지 모른다. 그러나, 그렇더라도 비워야 한다면 풀어야 한다.

3. 번제

물이 빠져나간 거대한 연못,
언젠가 눈에 박힌 그 풍경 나가지 않네

장화 신은 발들이
연못 바닥을 저벅저벅 걸어다니네
울컥 고이는 발자국을
검고 끈적한 진흙이 삼켜버리네
(…)

장갑 낀 손들이
바닥에 흩어진 잔해를 그러모으네
이토록 태울 게 많았던가
번제를 올리듯 어떤 손이 불을 붙이네

타오르면서 타오르지 않는 불의 중심,
명치끝이 점점 뜨거워지네
눈이 너무 매워 움직일 수가 없네

뇌수에서 썩어가던 기억의 잎과 줄기가
몇줌의 재가 되어가는 동안
장화 신은 발들이 불을 둘러싸고 서 있네

그들이 주고받는 얘기가 들렸다 안 들렸다 하고
누구일까, 내 몸을 제물 삼아
마른 연못에서 불을 피우는 그들은

—「마른 연못」 부분

　물이 빠지고 연꽃의 꽃대궁들만 남아 있는 회산 백련지의 풍경을 두고 시인은 "수많은 창(槍)을 가슴에 꽂고 연못은/거대한 폐선처럼 가라앉고 있"다고 묘사한 바 있다(『사라진 손바닥』 표제작, 문학과지성사 2004). 그 풍경이 오래 시인의 마음에 머물렀나보다. 「마른 연못」에서 시인은 다시 그 풍경을 들여다보고 있다. 다만, 다시 바라본 풍경에선 미묘한 변화가 감지된다. 「사라진 손바닥」에서 시인은 꽃대궁들을 가슴에 꽂은 채 '가라앉는' 연못이 그럼에도 불구하고 "백 년쯤 지나" 언젠가는 거기 떨어진 연밥들을 양분 삼아 다시 꽃을 피워 보이리라는 희망을 놓지 않고 있다. 그렇기에 그는 마지막 연에서 "회산에 회산에 다시 온다면" 언젠가 다시 한번은 연꽃 피는 꽃시절을 볼 수 있으리라는 기대를 버리지 않는 것이다. 따라서, 한 시절을 상처로 새기는 이 연못은 바로 그 상처를 거름 삼아 확답 없는 기약만으로 먼 재생을 도모하는 마음에 비견될 수 있었던 것이다. 그런데, 사정은 이제 조금 달라졌다.

물이 빠져나간 연못이 다시 눈앞에 덩그렇게 놓여 있다. 눈에 밟혀 자꾸만 지워지지 않는 그 풍경을 시인은 다시 떠올린다. 그런데, 가라앉으면서도 제 안에 떨어진 연밥을 추스르며 절치부심하던 연못은 이제 바닥을 낯선 이들에게 내어주었다. "장화 신은 발들이" "연못 바닥을 저벅저벅" 거침없이 걸어다닌다. 상처를 다스리고 재생을 도모하기 위한 절대시간이 필요한 이 터를 속 모르고 무신경한 사람들이 저렇게 무게를 심으며 샅샅이 훑고 지나다닌다. 그런데…… "장화 신은 발들" "장갑 낀 손들이" 철거하듯 연뿌리를 캐낼 때마다 바닥에 쌓이는 잔해들, 아뿔싸, 속속들이 드러나는 저 잔해들. 시인은 마음을 '저벅저벅' 헤집는 무신경한 이들의 '틈입'을 기화로 마음 한켠에 쌓여 있던 바로 그 잔해를 발견한다. 외려, 틈입이 발견을 낳는다. 시인은 저 밑바닥까지 찾아와 기어이 흔적을 남기는 무신경한 발걸음들을 오히려 자신의 마음속에 남은 잔해들을 발견하는 계기로 삼는다. 남은 것들을 양분 삼아 도모하려던 재생은 의지를 소망에 위탁하는 것, 고이고 썩고 오래 말라 이루어지는 일은 필연에 속하지만 또한 번제 없이는 기약할 수 없는 시간의 일, 그것은 그러니까 인간에

게 주어진 것과는 또다른 시간의 일이 될 수밖에 없다. 결코 잔해가 재생을 불 지필 수 없다. 연못이 바닥에 떨어진 연밥들을 모아 재생을 도모하리라고 기대하는 것은, 세계를 내면에 불러와 생의 비의를 해독한 이가 견성(見性)하듯 그 고통을 견디는 방법이었다. 그러나 이런 신호와 의미들이 쌓일수록 깊어지는 통찰과 비례해 자꾸만 무거워지는 마음을 어찌하랴. 시인은 모눈종이(「누가 내 이름을」)처럼 규격화된 방이 자꾸만 불편하다. 그는 자꾸만 흐르고 싶고 (「육각의 방」「물방울들」), 지우고 싶고(「심장 속의 두 방」「존말코비치 되기」), 마음의 실타래를 한없이 풀어내며 문지방을 넘나들고만 싶다(「분홍신을 신고」).

그러니 우선은 이 방에 또다른 성찰과 깨달음을 채우기보다는 잔해들을 게우고 방을 비워야 한다. 시인은 이제 스스로를 번제의식의 중심에 놓으면서 "뇌수에서 썩어가던 기억의 잎과 줄기가/몇줌의 재가 되어가는 동안" 스스로를 기꺼이 번제의 방에 들여놓는다. 물론, 비워지기 위함이다. 그렇게 풀리고 비워지기 위해 방 안 가득히 그 무슨 수선들과 그 무슨 상처들과 그 무슨 고통들이 수런거렸음이 틀림없다. 가루가 된 시간은 화장된 시간이다. 그리고 빈방은 비로소 비워진 방이다. 수직적 초월 대신 마르고 오래 쌓여 가루가 된 시인-생활자의 시간, 성찰로 가득차 휘영청 기운 방을 모두 태우고 비워야 마음의 공간은

제 최초의 용도로 돌아갈 것이다. 타고 남은 재가 기름이 된다고 했다. 시인 자신의 말을 빌리자면, "모든 것이 타고 난 뒤에야/검은 숯 위로 연한 싹을 내밀고 싶은"(「뱅크서나무처럼」) 법이다. 방은 비어 있음으로 쓰임새를 지니기 마련이라고도 한 현자는 말했던가? 태우고 비워야 비로소 이 방에 물기가 돈다.

이틀쯤 굶어도 배고프지 않고
마음의 공복만으로도 배가 부른 곳

몸 속 깊이 잠들어 있던 강물이 깨어나
물소리를 내기 시작하는 곳

밤 강물이 고요한 것은
더 깊이 더 멀리 움직이기 때문이다
—「밤 강물이여」 부분

오래 묵은 성찰과 곤두선 시간이 퇴거한 빈방에 새 기별이 들 모양이다!

趙强石 | 문학평론가

야생사과를 처음 맛본 것은 낯선 대륙에서였다.

시큼하고 떫은, 그 길들여지지 않은 맛은

과일가게나 농부의 바구니에 담긴 사과와는 아주 달랐다.

야생의 열매를 쪼는 새들처럼 그곳에서 나는 어눌한 듯
자유로웠다.

익숙한 삶과 언어를 떠나 이방인이 되어보는 경험은

영혼의 입자를 새롭게 만들어 다른 삶으로 스며들게 해
주었다.

내 안의 물기가 거의 말라갈 무렵 낯선 땅에서 물의 출
구를 발견한 셈이다.

무수한 나를 흘려보내는 것이 첫 물줄기를 향해 거슬러
올라가는 일이었으니,

경계를 넘어서려는 의지와 기원에 대한 갈증은 다른 것
이 아니었다.

이전에 삶이란 과거가 만들어낸, 견뎌야 할 어떤 것으로
여겨졌다.

하지만 "이제 더이상 과거가 미래를 만들도록 내버려두
어서는 안된다"는 들뢰즈의 말처럼, 기억의 되새김질보다
는 생성의 순간에 몸을 맡기고 싶다.

오늘도 봄그늘에 앉아 기다린다, 또다른 나를.

2009년 봄

나희덕

창비시선 301

야생사과

초판 1쇄 발행 / 2009년 5월 12일
초판 16쇄 발행 / 2025년 8월 4일

지은이 / 나희덕
펴낸이 / 염종선
책임편집 / 이상술
펴낸곳 / (주)창비
등록 / 1986년 8월 5일 제85호
주소 / 10881 경기도 파주시 회동길 184
전화 / 031-955-3333
팩시밀리 / 영업 031-955-3399 편집 031-955-3400
홈페이지 / www.changbi.com
전자우편 / lit@changbi.com

ⓒ 나희덕 2009
ISBN 978-89-364-2301-8 03810